詩集

ハレー彗星

戸渡阿見
toto ami

たちばな出版

ハレー彗星《すいせい》　目次

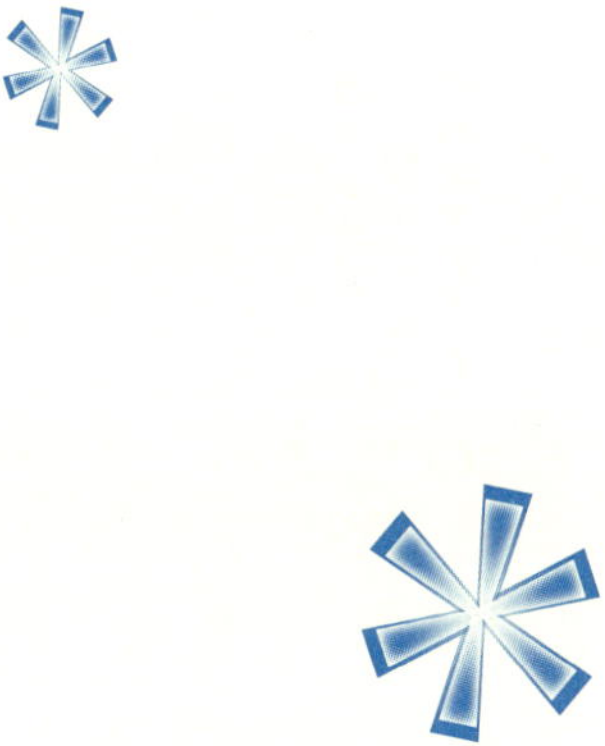

まえがき

詩人は「死人」に聞こえ、俳人は「廃人」に聞こえ、歌人は「佳人」に聞こえます。そう考えると、歌人が一番いいと歌人岡野弘彦氏は言いました。詩人に言わせると、詩人は「思人」であり、俳人は「蠅人」であり、歌人は「蚊人」かも知れません。いずれにしろ、歌人はまじめな人が多く、俳人は洒脱な人が多く、詩人はまじめな人と、変わった人の両方がいます。

本書は詩集ですが、私は俳人であり、歌人であり、小説家でもあります。俳句は、十八歳から作り始め、いまでは現代俳句協会の会員です。短歌は、昭和天皇の短歌の師である岡野弘彦氏に習っていました。しかし、俳句ほど本格的にはならず、もっぱら、禅僧のように道歌を詠むだけです。しかし、また短歌を作りたいとも思っています。

短歌の「調べ」と、俳句の「切れ」は違います。それで、なかなか両立はできないのですが、寺山修司のように、個性的な両立ができたら理想です。

このように、短歌も俳句も好きなのですが、自由詩を作り始めるようになったのは、つい最近のことです。以前から作曲や作詞をやり、短い言葉の詩集は、『神との語らい』というタイトルで、三冊出版したことがあります。しかし、本格的な自由詩は、この詩集が初めてなのです。

私の性質は、どちらかと言えば「死人」「廃人」「佳人」と、「思人」

「子人」「蠅人」「蚊人」が入り混じり、「志人」「拝人」「花人」や、「灰人」「火人」を、そこにまぶしたようなもの。だから、本来は、小説や自由詩が合っているのかも知れません。

ところで、現代の詩人では、「まどみちお」や谷川俊太郎はよく知られますが、それ以外の詩人は、あまり知られていません。中原中也や萩原朔太郎、宮沢賢治なども有名ですが、私にとっては、とにかく暗いのです。現代の有名詩人の詩集を見ても、難解で暗いものばかりです。島崎藤村やシェークスピア、武者小路実篤の詩は、まだ明るくてわかりやすい。特に、武者小路実篤の詩には、わかり易くて前向きで、好きな詩がたくさんあります。でも、最近は誰も読まなくなりました。

二十代の頃は、リルケやハイネ、ボードレールなども読みましたが、眠くてよくわかりませんでした。現代の有名な詩人の詩をみても、わからないものが沢山あります。普通の人が読んで解らない詩を、詩人が書く意味はどこにあるのか。いつも、疑問に思う所です。その点、「まどみちお」は最もわかり易く、最も深い気がします。だから、日本人で初めてアンデルセン賞を受賞したのでしょう。

普通の人に何が言いたいのか、良く解らないものは、アニメでも大賞は受賞しません。「千と千尋の神隠し」がアカデミー賞を受賞し、「ハウルの動く城」、「もののけ姫」が受賞しなかったのは、そのためです。普通の知識人なら、誰でもその事は解るはずです。「崖の上のポニョ」も、ちょっと難しいでしょう。

ところで、最近、谷川俊太郎の詩集をしっかり読んで、とても解り易く、明るく、自由奔放なことに驚きました。新川和江もわかり易く、明るく、自由な詩心があり、大好きになりました。詩は、やはり、詩の言葉より詩心に重心があり、難解な言葉や表現に凝る人は、よほど詩心に自信がないのでしょう。「まどみちお」は、ありのままの詩心で、正面から勝負する所が偉大です。

ところで、短歌や俳句で大切なのは、第一は詩心であり、第二に言葉の意味が五十％、あとの五十％は、言葉の調べです。さらに、有り型のパターンにならない意外性があり、その人にしか詠めない個性と、その人らしい輝きがあることが大切です。そこに、芸術性を見出すのです。

これは、詩でも作詞でも、小説や戯曲でも、本質は同じでしょう。谷川俊太郎やまどみちお、新川和江も同じです。いい詩を書く人は、皆その本質に根ざし、生き生きとした魂の品格がありま す。それが表《おもて》に顕《あらわ》れると、明るくて自由な、輝く詩心になるので す。私は、これらの人々の詩集を丹念に読んで、急に詩に開眼し、自由詩がどんどん書けるようになりました。

ところで、私はいろんなジャンルの絵を描く、画家でもありま す。最初に絵の勉強を始めたのは、俳画や仏画、水墨画や日本画でした。それから、十年以上経って西洋画を始めたのです。西洋画を始めて解ったことは、西洋画とは、何でもありの世界だと言うことです。必ずしも、キャンバスに描かなくてもいいし、立体やコラージュ、画材も何でもありで、びっくりしました。抽象画があり、キュビズムやフォービズム、シュールレアリズムあり、アクションペインティングもある。形をキッチリ描く必要はなく、巨匠ほど形は稚拙です。と言うよりも、形の奥の絵心を大切にするので、敢えてそう描くのです。とにかく自由で、何でもありなのです。それが解り、西洋画が好きになりました。こうして、私は絵画に開眼し、次々と大作が描けるようになったのです。

この、私の絵画における開眼史は、そのまま詩と小説の、開眼史にもあてはまります。つまり、最近まで短歌や俳句など、いわゆる定型詩しか作ってなかったものが、文字数や季語の枠にとらわれない、何でもありの自由詩に開眼したわけです。その発端は、小説でした。小説を書くようになり、何でもありの文芸の楽しさを知ったのです。そこから、何でもありの自由詩の世界に醒め、西洋画のように、次々と書けるようになったのです。

特に、自由奔放でありながら、良く計算された谷川俊太郎の詩には、大きな影響を受けました。シンガーソングライターの、中島みゆきと同じです。それで、私の作詞、作曲の世界にも、新しい創作の世界が広がったのです。

こうしてできた詩集、『明日になれば』は、比較的まじめな詩を集めた一冊です。これを読んだ人は、私がまじめな詩人だと思うかもしれません。一方、詩集『ハレー彗星』は、おもしろくて楽しい、言葉遊びのオンパレードです。これを読むと、おかしい詩人だと思われるでしょう。

また、アルゼンチンに五日間で往復した、九十六時間の機内と空港で作った三十四篇の詩は、そのまま、詩集『泡立つ紅茶』の一冊になりました。これを読むと、「ウニ」入りミックスピザのように、「まじめ」と「おかしさ」がミックスされた、新しい味になったと思うでしょう。

面白いことに、小説で言葉遊びや駄洒落を嫌う人も居ますが、谷川俊太郎やまどみちおの詩集を見て、それを嫌ったり、批判する人は居ません。また、日本の伝統芸能の落語や狂言は、言葉遊びのオチが多いのです。短歌でも、「掛詞《かけことば》」は、伝統的な気の利く修辞法でした。こうして、洒落は、もともと知性と教養を必要とする、気の利いた表現だったのです。それが、一九六〇年代以降、これに価値を認めない人々から、「駄洒落」と言われるようになったのです。

ですから、この歴史を知れば、谷川俊太郎やまどみちお、シェークスピアなどの詩人のように、言葉遊びや駄洒落の詩があっても、決して悪いはずがありません。自由詩の世界では、大歓迎されるのです。詩心とユーモアがあり、人間の本質や魂の局面を、様々な角度から表現するものなら、何でもいいのです。さらに、意外性があり、言葉使いに個性があり、調べが美しければ、もっといいのです。それが、自由詩の魅力だと言えます。

なお、『明日になれば』は、詩画集もあります。これは、ひとつひとつの詩をモチーフに、私が描いた絵を載せたものです。また、『おのれに喝！』という書言集もあります。これは、私の一言の詩を、禅僧のように書道で書いたものです。また、『墨汁《ぼくじゅう》の詩《うた》』は、私の俳句と書と、水墨画の先生とのコラボレーションです。

このように、私にとっては、詩心と絵心は、同じルーツのものです。すなわち、両方とも詩心なのです。そして、絵心とは、それを色彩や形で表わすもの。だから、「まどみちお」も、あんなに素敵な絵を描くのでしょう。しかし、彼の絵画に関しては、詩よりもキッチリと描《か》きすぎです。ミロのように、もっと軽く、もっと色や形を省略した方が、彼の詩心が前面に出てくると思います。

孔子が、教養とは「詩に興り、礼に立ちて、楽に成る」と言ったように、詩心は、魂の高貴な部分の表われです。だから、詩心が豊かであれば、芸術作品の創作範囲は、無限に広がるのです。オペラや歌曲やポップスを歌う歌手も、作詞や作曲をする人にも、歌心とは、音で表わす詩心であることを、是非知って頂きたい。

最後に……。

谷川俊太郎氏は、多くの子供たちや大人に、詩のおもしろさや楽しさを教えました。

私の詩は、無論、それほどのものとも思えませんが、わかり易さや明るさ、また面白さに関しては、きわ立っていると思います。この詩集を読んで、詩は自由で楽しいものなんだと、思ってくださる方が増えれば、これにまさる喜びはありません。

また全ての芸術家が、詩心を豊かにするために、詩が好きになってくれることを、切に祈るものです。

戸渡阿見

装丁　cgs・清水美和
装画　末房志野
本文デザイン　cgs
本文カット　市尾なぎさ

ハレー彗星《すいせい》

雪《ゆき》と猫《ねこ》

チラチラと雪《ゆき》が降《ふ》る
チンチラの白《しろ》い猫《ねこ》が
チラチラの雪《ゆき》を見《み》る
チンチラの白《しろ》い猫《ねこ》に

チラチラの雪《ゆき》が降《ふ》る
チンチラの白《しろ》い猫《ねこ》は
チラチラの雪《ゆき》を食《た》べ
ますます白《しろ》くなった
チラチラと雪《ゆき》が降《ふ》る
チンチラの猫《ねこ》の上《うえ》に

カンボジア

ポロポロと涙《なみだ》ふく
ボロボロの少年《しょうねん》は
両親《りょうしん》がいないのか
ブルブルと震《ふる》えてる

ボロボロの少年《しょうねん》は
バラバラのバラックの
家《いえ》に住《す》む
ブルブルのブルドーザー
バラバラのバラックの
家《いえ》をこわす
ボロボロの少年《しょうねん》の

住《す》む家《いえ》を
カンボジアの少年《しょうねん》の
家《いえ》をこわすブルドーザー
バラバラのバラックが
家《いえ》なのか
ボロボロの少年《しょうねん》は
ポロポロと涙《なみだ》ふく

バラバラのバラックが
バラバラとくずれ落《お》つ
ボロボロの少年《しょうねん》の
バラックの家《いえ》

キラキラ星《ぼし》

キラキラの
星空《ほしぞら》を
キラわれの
子供《こども》がみる

キラキラと
キラわれの
子供《こども》の目《め》から
涙《なみだ》がおちて
キラキラの
星《ほし》たちが
なぐさめました

キラキラキラ
星《ほし》たちの
なぐさめの
言葉《ことば》でした

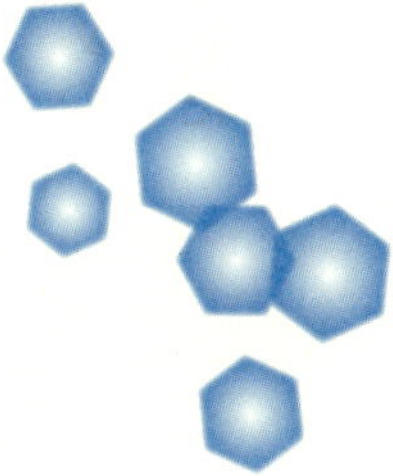

野《の》うさぎ

野《の》うさぎが
家《いえ》の前《まえ》を走《はし》る
野《の》うさぎの
走《はし》る理由《りゆう》は

なんだろう
野《の》うさぎの
走《はし》ったそばを
車《くるま》が走《はし》る
野《の》うさぎの
走《はし》る理由《りゆう》は
何《なん》だろう

車《くるま》が走《はし》る
まねをしたのか
えさをさがして
走《はし》ったのか
野《の》うさぎは走《はし》る
車《くるま》より自然《しぜん》に
なんだか

楽《たの》しそうだ
速《はや》かったり
ゆっくりだったり
立《た》ち止《ど》まったり
キョロキョロして
また走《はし》る
自動車《じどうしゃ》よりも

速《はや》くなく
まっ直《す》ぐでない
そこがいい
それが楽《たの》しそうだ
人間《にんげん》と同《おな》じだ

大山椒魚《おおさんしょううお》

大山椒魚《おおさんしょううお》　どこに住《す》む
岩《いわ》のぼり　山《やま》の奥《おく》
水清《みずきよ》き　山《やま》の上《うえ》
森《もり》をゆく

清流《せいりゅう》の　聖《せい》なる魚《さかな》
手足《てあし》ある　不思議《ふしぎ》な魚《さかな》
人見《ひとみ》れば　ワープする
すぐ逃《に》げて　ワープする
大山椒魚《おおさんしょううお》　水《みず》に消《き》ゆ
人知《ひとし》らぬ　森《もり》の奥《おく》
静《しず》かな森《もり》の　小《ちい》さな滝《たき》

ドドッと落《お》ちる　滝音《たきおと》は
大山椒魚《おおさんしょううお》の　消《き》える音《おと》
大山椒魚《おおさんしょううお》の　いる山《やま》の
かすかな滝音《たきおと》　山《やま》の音《おと》
大山椒魚《おおさんしょううお》の　消《き》える音《おと》
大山椒魚《おおさんしょううお》の　いる山《やま》の
空《くう》気《き》に住《す》むのは　何《なん》だろう

自然《しぜん》の静《しず》けさ　自然《しぜん》のなごみ
自然《しぜん》の清流《せいりゅう》
みんなみんな
犯《おか》されぬままの
神《かみ》のすがただ

山《やま》びこ

山《やま》びこヤッホー
数秒遅《すうびょうおく》れて
ヤッホーがくる
またヤッホーと

叫《さけ》んでみる
ヤッホーがくる
でもどこか
みずみずしくなって
帰《かえ》ってくる
山《やま》のいのち
樹々《きぎ》のいのちを

もらって
帰《かえ》ってきたからだ

コーヒー

いらいらするなよ
でもしょうがない
そこをなんとかするんだよ
でもできそうにない

やってみるまでわからない
それができないから
いらいらするんだ
おちつけおちつけ
おちつけないから
いらいらするんだ
そこをなんとかするんだよ

それができないから
悩《なや》むんだ
まあコーヒーでも飲《の》め
それもそうだな
いらいらがやんだじゃないか
ああほんとうだ
コーヒーのおかげだ

そうじゃない
紅茶《こうちゃ》でも良《よ》かったんだ
じゃカップのおかげか
そうじゃない
缶入《かんい》りでも良《よ》かったんだ
じゃあなんのおかげなんだ
君《きみ》が何《なに》か別《べつ》なことに

心《こころ》を向《む》けたおかげだよ
何《なに》か別《べつ》なことに
心《こころ》を向《む》けたおかげか
おいもう一杯《いっぱい》
コーヒー飲《の》めよ
そうだね
もう一杯《いっぱい》飲《の》もう

チョコレート

いやな人《ひと》から
贈《おく》られた
素敵《すてき》なラップの
プレゼント

開《あ》けてみようか
捨《す》てようか
いやいや開《あ》けて
中《なか》をみれば
お詫《わ》びの手紙《てがみ》と
チョコレート
いやな人《ひと》の笑《わら》う顔《かお》

少《すこ》し許《ゆる》せる気《き》になって
チョコレートを食《た》べた
今度《こんど》会《あ》ったら
笑《わら》ってみようか
私《わたし》の好《す》きな
ビターなチョコ
それを
知《し》ってるなんて

ふんどし

ふんどしで
泳《およ》ぐ子供《こども》たち
恥《は》ずかしくないのか
ふんどしで

相撲《すもう》取《と》る
お相撲《すもう》さん
恥《は》ずかしくないのか
パンツ一《ひと》つで
戦《たたか》うボクサー
恥《は》ずかしくないのか
やっぱり夢中《むちゅう》でやってると

恥《は》ずかしさを忘《わす》れる
その姿《すがた》が美《うつく》しい
あれで商店街《しょうてんがい》を歩《ある》けば
やっぱり恥《は》ずかしい
でもお祭《まつ》りでやれば
たのもしくて勇《いさ》ましい
やっぱり夢中《むちゅう》でやれば

すべてが美《うつく》しく
すべてが輝《かがや》くんだ

さより雲《ぐも》

冬空《ふゆぞら》に　現《あら》われた
白《しろ》い雲《くも》は　細《ほそ》くなり
女神《めがみ》の形《かたち》に　なってゆく
よじれて細《ほそ》い　白肌《しろはだ》が
こよりのように　折《お》れ曲《ま》がり

風《かぜ》に吹《ふ》かれて　悩《なや》ましい
こよりの雲《くも》が　行《い》き交《まじ》えば
今度《こんど》は　いわし雲《ぐも》になる
それからどんどん　細《ほそ》くなり
さよりの　海《うみ》のむれになる
よじれてまがった　空《そら》の雲《くも》
いわし雲《ぐも》より　細《ほそ》くなり
さよりの雲《くも》に　なりました

ハレー彗星《すいせい》

きらめく宇宙《うちゅう》の　星空《ほしぞら》に
流《なが》れる彗星《すいせい》　ながめたら
闇夜《やみよ》によじれる　光《ひかり》のこより
君《きみ》は彗星《すいせい》　こよりの君《きみ》だ

細《ほそ》い手足《てあし》に　細《ほそ》い腰《こし》
青白《あおじろ》く光《ひか》る　目《め》とうなじ
彗星《すいせい》という　君《きみ》は姫《ひめ》だ
金星《きんせい》の姫《ひめ》は　図太《ずぶと》く光《ひか》り
空《そら》で笑《わら》って　輝《かがや》いてる
彗星《すいせい》の君《きみ》は　輝《かがや》きながら
長《なが》い尾《お》を引《ひ》き　飛《と》んでゆく

闇夜《やみよ》の静寂《せいじゃく》　どこまで続《つづ》く
彗星《すいせい》の旅《たび》は　永遠《えいえん》だ

さようなら
次《つぎ》の周期《しゅうき》で　また逢《あ》おう
それまで　生《い》きていたらなあ
こよりの君《きみ》は　ハレー彗星《すいせい》
さがし求《もと》めた
星《ほし》のときめき

カップ

Aカップ　Bカップ
普通《ふつう》で謙虚《けんきょ》です
Cカップ　Dカップ
堂々《どうどう》と胸《むね》を張《は》ります

Eカップ　Fカップ
立派《りっぱ》すぎて恥《は》ずかしそう
Gカップ　Hカップ
グラビアに出《で》るのと
隠《かく》すのに分《わ》かれます
それから先《さき》は
未知《みち》の世界《せかい》

コーヒーカップとティーカップ
なんだか
恥《は》ずかしそうでした

きっと

ツルツルの谷間《たにま》に
毛《け》が生《は》えた　ツルツルツル
ツルツルの脇《わき》に
毛《け》が生《は》えた　ツルツルツル

守《まも》るためか　誘《さそ》うためか
大人《おとな》になった　しるしです
きっときっと　そのためです

足《あし》

足《あし》の裏《うら》に　裏切《うらぎ》られ
足《あし》の先《さき》に　先《さき》を越《こ》され
足《あし》の指《ゆび》に　指切《ゆびき》りゲンマン
足《あし》の爪《つめ》に　つめ寄《よ》られ

足《あし》の甲《こう》に　攻撃《こうげき》された
足《あし》ばかり　目立《めだ》つ
ふられた恋人《こいびと》
ぼくのこころは
足《あし》ゲリだった

鼻《はな》の穴《あな》（一《いち》）

左《ひだり》の鼻《はな》の穴《あな》と　右《みぎ》の鼻《はな》の穴《あな》は
仲良《なかよ》しなのか　どうなのか
ときには　鼻息《はないき》荒《あら》く　怒《おこ》ってるようです
ときには　か細《ぼそ》く　ため息《いき》がでる

小鼻《こばな》を　ピクピク　させてると
大《おお》きくなったり　小《ちい》さくなったり
いばっていたり　おびえていたり
深呼吸《しんこきゅう》すれば　音《おと》がする
スウースウースウー
安心《あんしん》してるのか
それとも　蒸気機関車《じょうききかんしゃ》の

停車《ていしゃ》のまねか

かぜをひくと　左右《さゆう》の穴《あな》は
競争《きょうそう》しながら　那智《なち》の滝《たき》
昔《むかし》の子供《こども》は　みんなみんな
青《あお》い鼻《はな》を　たらしていた
最近《さいきん》の子《こ》は　垂《た》れてない

青《あお》ばなたちは　どこへ消《き》えた
田《た》んぼが消《き》えて　カエルも消《き》えた
青《あお》ばなたちも　消《き》え去《さ》った

鼻《はな》の穴《あな》（二《に》）

鼻《はな》の穴《あな》だって
きっと寒《さむ》いのだろう
やれやれ
また風邪《かぜ》を引《ひ》いたようだ

ハックション
鼻《はな》の穴《あな》も　グズグズ言《い》って
不満《ふまん》のようだ
ホラホラ　鼻毛《はなげ》を切《き》ってやるから
おとなしくして　もう寝《ね》ろよ
グオーグオー
ようやく寝《ね》たと　思《おも》ったら

こんどはいびきだ　近所迷惑《きんじょめいわく》だね
左《ひだり》の穴《あな》と　右《みぎ》の穴《あな》の
どっちの　責任《せきにん》なんだい？
猫《ねこ》も人《ひと》も　起《お》き出《だ》すよ
静《しず》かに優《やさ》しく　寝《ね》ておくれ
明日《あした》を夢《ゆめ》みて　おやすみなさい
スースースー

やすらかなる
鼻《はな》の穴《あな》

うんこ

かわいそうなのは　うんこです
なければ便秘《べんぴ》で　悩《なや》むのに
出《で》たらみんなで　いやがって
目《め》をさけ　鼻《はな》をそむけます

うんこに　罪《つみ》はなにもない
そうかといって　むりやり愛《あい》し
うんこを食《た》べたなら　病気《びょうき》になる
だからうんこは　くさいのです
食《た》べてはいけない　警告《けいこく》です
うんこは　犠牲《ぎせい》の心《こころ》がある
くさいことで　役割《やくわり》果《は》たす

やさしい　身体《からだ》の贈《おく》りもの

畑《はたけ》に撒《ま》けば　たからもの
大地《だいち》は喜《よろこ》び　野菜《やさい》はふえる
人《ひと》にきらわれ　捨《す》てられる
ほんとの愛《あい》の　生涯《しょうがい》です

へそ（一《いち》）

へそのごま
へそのあな
母《はは》から生《う》まれた遺跡《いせき》です
世界遺産《せかいいさん》です

自分《じぶん》だけの
世界遺産《せかいいさん》です
大切《たいせつ》に保存《ほぞん》し
美《うつく》しく
保護《ほご》します
死《し》の穴《あな》に
入《はい》るまで

へそ（二《に》）

身体《からだ》の表《おもて》に　へその穴《あな》
身体《からだ》の裏《うら》に　尻《しり》の穴《あな》
表《おもて》の穴《あな》は　史跡《しせき》の穴《あな》
裏《うら》の穴《あな》は　生《い》きてる穴《あな》

古代《こだい》の都市《とし》と
今《いま》の都市《とし》

どちらもきれいに
すがすがしく
身体《からだ》にそなわる　神《かみ》の穴《あな》
差別《さべつ》をせずに　愛《あい》しましょう
へそのあなには　へそのごま

しりのあなには　うんちごま
いつもきれいに　掃《は》き清《きよ》め
お風呂《ふろ》の中《なか》で　会《あ》いましょう
湯船《ゆぶね》で遊《あそ》ぶ　穴二《あなふた》つ
みずみずしくて　仲良《なかよ》しです

まゆとまつげ

まゆは　どうして　目《め》の上《うえ》か
まゆが　もしも　目《め》の下《した》に
あったら　ぼくは　へんな顔《かお》
頭《あたま》の汗《あせ》は　目《め》に入《はい》り

まつ毛《げ》はいつも　涙《なみだ》にぬれる
まつ毛《げ》の姫《ひめ》を　守《まも》るため
勇者《ゆうしゃ》のまゆは　目《め》の上《うえ》で
汗《あせ》の侵入《しんにゅう》　防《ふせ》ぎます
いつもいつも　防《ふせ》ぎます

まゆとまつ毛《げ》の　交際《こうさい》は

はなればなれで　できません
しかし　こころは　かよってる
二人《ふたり》で　いつも　きょうりょくし
大事《だいじ》な眼《まなこ》　まもってます
ホコリや汗《あせ》から　まもってます

心《こころ》の窓《まど》の　目《め》を守《まも》る

姫《ひめ》と勇者《ゆうしゃ》の　物語《ものがたり》
私《わたし》の顔《かお》の　お城《しろ》の中《なか》で
眼《まなこ》の宝石《ほうせき》　まもってる
二人《ふたり》は　いつも　愛《あい》し合《あ》い
死《し》ぬまで　二人《ふたり》で守《まも》ります

金《きん》太《た》君《くん》

酒《さけ》を飲《の》んだ　金《きん》太《た》君《くん》
酒《さけ》に酔《よ》ってる　金《きん》太《た》君《くん》
金《きん》太《た》が迷《まよ》う　夜《よる》の道《みち》
金《きん》太《た》迷《まよ》う　夜《よる》の道《みち》

キンタマヨウ　夜《よる》の道《みち》

「まなこ」と「なまこ」

まなこは　なまこ　見《み》つめてる
なまこは　うおか　貝《かい》なのか
なまこの　まなこは　見《み》えません
まなこに　なまこは　理解不能《りかいふのう》

うみの　さかなか　浜《はま》のうんこか
まなこは　なまこ　見《み》て食《く》えない
だから　まなこを　つぶって食《た》べる
カリカリ　コリコリ　口《くち》のなか
なまこに　まなこは　ありません
じぶんの　すがたも　みえません
しあわせ　なのか　どうなのか

うみの　神様《かみさま》　生《う》み出《だ》した
なまこの　役割《やくわり》　なんなのか
わからないまま　食《た》べました
わからないけど　食《た》べられて
私《わたし》も　なまこも　しあわせです
わたしの　まなこは　しあわせです
わたしの　なまこの　おかげです

すがた　かたちは　どうでもいい
いのちの　おかげで　うまかった

チンチン

ある朝《あさ》　目《め》がさめたら
チンチンが　怒《おこ》っていた
ミミズにおしっこ　しなかったのに
なんで怒《おこ》って　はれるんだ

こらえ切《き》れずに　外《そと》に出《で》たら
チンチンが　動《うご》き始《はじ》めた
チンチン　チンチン　チンチン電車《でんしゃ》
チンチンの　出発《しゅっぱつ》だ
レールの上《うえ》に　かけようか
周囲《しゅうい》の石《いし》か　草花《くさばな》か
女《おんな》の子《こ》よ　ざまあみろ
これが男《おとこ》の　特権《とっけん》なんだ

女《おんな》の子《こ》のあれ

女《おんな》の子《こ》の　あれのかなたには
何《なに》があるのだろ
きっと宇宙《うちゅう》の　入口《いりぐち》があるんだ
男《おとこ》の子《こ》のあれが　いつもあこがれる

夜空《よぞら》があるんだ
そこから　星《ほし》が降《お》りてきて
赤《あか》ちゃんになる
星《ほし》の命《いのち》が　赤《あか》ちゃんだ
人間《にんげん》の魂《たましい》は　星《ほし》なんだ
だから人間《にんげん》も　宇宙人《うちゅうじん》
女《おんな》の子《こ》のあれは　星空《ほしぞら》のように輝《かがや》く

女《おんな》の子《こ》のあれは　まぶし過《す》ぎる
見《み》えない夜空《よぞら》で　妖《あや》しく光《ひか》る
神秘《しんぴ》で神聖《しんせい》な　女《おんな》の子《こ》のあれ

アリ

ソファーに　横《よこ》になっていると
アリが来《き》て　言《い》いました
アリがとう
また別《べつ》な　アリが来《き》て

首《くび》をかしげ　言《い》いました
アリイ？
また別《べつ》な　アリが来《き》て
難《むずか》しそうな顔《かお》で　言《い》いました
アリストテレス
また別《べつ》な　アリが来《き》て
素直《すなお》な顔《かお》で　言《い》いました

アリのままです
また別《べつ》な　アリが来《き》て
ぼうぜんとなり　言《い》いました
アリ得《え》ない！
また別《べつ》な　アリが来《き》て
逃《に》げだす顔《かお》で　言《い》いました
アリバイあるんです

また別《べつ》な　アリが来《き》て
魔女《まじょ》のような　恐《こわ》い顔《かお》で言《い》いました
アリババだ
また別《べつ》な　アリが来《き》て
メガネをかけて　授業《じゅぎょう》しました
アリ　オリ　ハベリ　イマソカリ
また別《べつ》な　アリが来《き》て

元気《げんき》な　秘密《ひみつ》を言《い》いました
アリナミン
また別《べつ》な　アリが来《き》て
土下座《どげざ》して　祈《いの》りました
アリ　モハメッド
また別《べつ》な　アリが来《き》て
ウロウロして　言《い》いました

アリそうでない
また別《べつ》な　アリが来《き》て
歌《うた》をうたって　言《い》いました
アリランアリラン
また別《べつ》な　アリが来《き》て
這《は》って歩《ある》き　言《い》いました
アリゲーターだぞ

また別《べつ》な　アリが来《き》て
メルヘンの顔《かお》で　言《い》いました
アリスは　不思議《ふしぎ》の国《くに》です

こうして　アリの群《む》れは
ソファーの私《わたし》に
一匹《いっぴき》ずつ

何《なに》かを言《い》って
通《とお》り過《す》ぎて行《い》った

五《ご》郎《ろう》物《もの》語《がたり》

五郎《ごろう》が　喜《よろこ》ぶ
雷《かみなり》の　ゴロゴロの
語呂《ごろ》合《あ》わせ
ゴロつきも　参《まい》る

年頃《としごろ》の女《おんな》も　参《まい》る
五郎《ごろう》の　語呂合《ごろあ》わせ
今頃《いまごろ》が　旬《しゅん》の
おいしい　筍《たけのこ》
食《た》べすぎた　五郎《ごろう》は
お腹《なか》を下《くだ》し　ゴロゴロゴロゴロ

バリ島《とう》

バリバリの　バリカンで
頭《あたま》を刈《か》り　バリ島《とう》に住《す》んだ
バリバリの　営業《えいぎょう》マンと
頑《がん》バリ屋《や》の　営業《えいぎょう》マン

バリバリバリ
なわバリを　張《は》る音《おと》がした

ヘリコプター

へりくだった　ヘリコプターが
へりました　ブリブリバリバリ
そして　空《あ》き地《ち》の　へりに
降《お》りました　ヘリコプターの
日曜日《にちようび》

ポリス

ボリボリと　頭《あたま》を掻《か》いて
ボリビアに行《い》き
ボリショイの　バレエみたら
ポリスが来《き》て　ナッツ食《た》べた
ポリポリポリ

ガリ

ガリガリと　ガリを食《た》べ
欲《ほ》しがりの　ガキにやる
カルガリーの　日本人《にほんじん》

ナレーション

ナレナレの　ナレーション
コナレた　英語《えいご》で呼《よ》ぶ
名探偵《めいたんてい》コナン
いくら待《ま》っても　コナンかった

ツル

ツルツルの鶴《つる》が　湿原《しつげん》から
ツルツル降《お》りて　氷《こおり》ですべる
ツルツルツルツル

おカラ

カラカラのおカラが
人《ひと》を見下《みくだ》し
カラカラ笑《わら》って
おカラかいになった

モリ

モリモリの　モリそばを
森《もり》で食《た》べ　海《うみ》へ出《で》て
モリでつく　山盛《やまも》りの魚《さかな》

魚《さかな》

神経《しんけい》を　逆《さか》なでする
魚《さかな》でした
逆《さか》さまに泳《およ》ぐ　魚《さかな》でした
ギョッと　しました
ウオーと　叫《さけ》びました

ユルブリンナー

ユルユルの　ユルブリンナーは
ハゲ頭《あたま》を　ユルユルさわり
ユルユルの　下痢《げり》をした

トリ

色《いろ》トリドリの　鳥《とり》は
よりドリみどり　つかまえて
トリ違《ちが》えたが
トリ逃《にが》したのは
青《あお》いトリだった

ブルドーザー

ブルブルの　ブルドーザーは
ブルジョワの　ブルーマウンテンを
飲《の》みたかった
でも　ブルガリアの　ヨーグルトに

しました
ブルガリの　首飾《くびかざ》りを　つけて

ねこ

メザシを　目《め》ざしていた　猫《ねこ》が
メザマシかけて　メザめたら
タイムを計《はか》って　エサを取《と》る
「目刺《めざ》し」をめざす　猫《ねこ》たちの

メザマしい　働《はたら》きよ
目覚《めざ》めて　目刺《めざ》しを　食《た》べた猫《ねこ》
目覚《めざ》ましかけて　また眠《ねむ》る

アラレちゃん

アラレ降《ふ》る　アラレちゃんの
パンチ　パンチ　パンチ
それは　アラレもない
カッコーでした

あらー　アラレを食《た》べる
アラレちゃん
アラくれ男《おとこ》を　アラ療治《りょうじ》
アラジンの　魔神《まじん》よりも
強《つよ》かった

メランコリー

メラメラの　メランコリー
梅蘭芳《めいらんふぁん》の　メランコリー
目《め》が爛々《らんらん》と　メランコリー
メラニン色素《しきそ》が　素顔《すがお》に残《のこ》る

目《め》が乱視《らんし》で　コリゴリです
京劇役者《きょうげきやくしゃ》の　動《うご》く隈取《くまど》り

ゾウ

ゾウはヴォーっとしながら
ゾー煮《に》を食《た》べた
インドゾーは　ゾーとしながら
カレーをたべた
うまいゾー　と言《い》いながら

チリ

チリヂリの
チリ紙《がみ》を
チリの人《ひと》が
チリに変《か》えた
キッチリと
バッチリと

リス

クルクルと　クルミ割《わ》る
クルクルの　リスの目《め》は
クルクル回《まわ》る　休《やす》みなく
クルクル森《もり》から　リスがくる

苦《くる》しまぎれに　リスが来《く》る
森《もり》でリストラ　されたリス
クルクルクルミ　割《わ》り人形《にんぎょう》
踊《おど》って迎《むか》える　クリスマス
メリークルクル　クリスマス
みんなクルクル　クリスマス

コロンブス

コロコロの　コロンビアの
コロンブスは
コロブチカ　踊《おど》り
転《ころ》ぶちかなかった

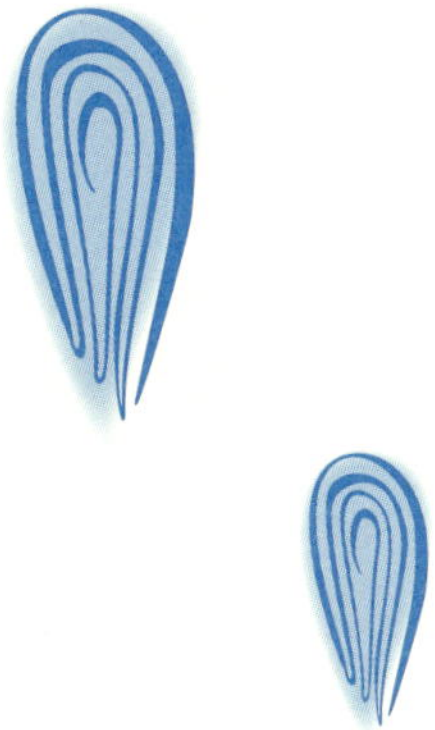

メリーさんのひつじ

メリメリの
メリーゴーランドにのる
メリーさんの　ひつじは
メリヤスになった

メリークリスマスの
夜《よる》でした

ポパイ

ポトポトの　ポトフを
ポルトガルで　食《た》べ
トボトボ　帰《かえ》って行《い》く
ポロシャツの　ポパイ
禁煙《きんえん》パイポを　吸《す》いながら

ガラナ

ガラガラの　ガラナ
ガラッパチが　ガラガラと
ガラナエキスを　飲《の》んでいる
赤《あか》い柄《がら》の　ガラナの瓶《びん》

幽霊《ゆうれい》

ユラユラゆれる　幽霊《ゆうれい》のレイ
ハワイのレイは　きれいなレイ
こわい実例《じつれい》　幽霊《ゆうれい》のレイ
スイスの幽霊《ゆうれい》　ユーレイホー

ユーレイホーの　ユングフラウ
フラウフラウと　出没《しゅつぼつ》します

ボリ

ボリボリと　ボッキーたべ
ボリビアで　むさぼり飲《の》む
鯉《こい》ノボリが派手《はで》な　釣《つ》りボリの
ビアガーデンを　想《おも》い出《だ》す

ジャガー

ジャラジャラの
ジャガーが
ジャリジャリの
ジャリの上《うえ》で

じゃりン子《こ》チエちゃん
読《よ》んでいる
ほんとジャガー

カメレオン

カメカメの　カメレオン
カメハメハの　ハワイで
カメラ撮《と》り　大阪《おおさか》の人《ひと》に言《い》う
カメへんで　撮《と》りやー

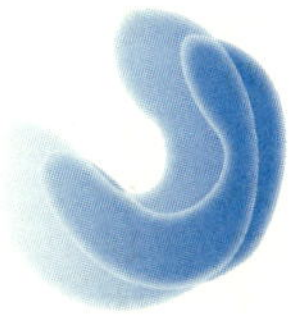

パバロッティー

パパー　パパはロッテか
パパロッティー
パパラッチが　狙《ねら》う
パバロッティーの　パパが

ロッテのガム　捨《す》てる時《とき》
パパもロッテも　危険《きけん》な時《とき》
パパラッチが　狙《ねら》う
パバロッティーの　歌《うた》う顔《かお》
パパパヤー　パパパヤー
パパイヤ鈴木《すずき》も　歌《うた》ってる

キリスト

キリキリ　痛《いた》む
キリストは　キリでもまれ
キリリとなって　祈《いの》りに祈《いの》る
キラキラ　涙《なみだ》で

嫌《きら》われの　キリストを
処刑《しょけい》する　人《ひと》を憐《あわ》れむ
キラキラ涙《なみだ》で　キリの痛《いた》み
忘《わす》れて祈《いの》る　イエスキリスト

キリギリス

キリストの　受難《じゅなん》の日《ひ》
キリキリと　胃《い》を痛《いた》め
キリギリスは　泣《な》きました
それから　逃《に》げた

キリギリスは　キルギスに
行《い》きました
キリストを信《しん》じた　キリギリス
イギリスの　キリギリスは
キルギスの　キリギリスと
友《とも》だちです　イエスイエス
友《とも》だちです

戸渡阿見——とと・あみ

兵庫県西宮市出身。本名半田晴久。1951年生まれ。同志社大学経済学部卒業。武蔵野音楽大学特修科（マスタークラス）声楽専攻卒業。西オーストラリア州立エディスコーエン大学芸術学部大学院修了。創造芸術学修士(MA)。中国国立清華大学美術学院美術学学科博士課程修了。文学博士(Ph.D)。中国国立浙江大学大学院中文学部博士課程修了。文学博士(Ph.D)。カンボジア大学総長、人間科学部教授。中国国立浙江工商大学日本言語文化学院教授。その他、英国、中国の大学で、客員教授として教鞭をとる。現代俳句協会会員。社団法人日本ペンクラブ会員。小説は、短篇集「蜥蜴《とかげ》」、日本図書館協会選定図書になった、短篇集「バッタに抱かれて」など。詩集は、「明日になれば」、「ハレー彗星」、「泡立つ紅茶」など。俳句集は、「かげろふ」、「新秋」などがある。

戸渡阿見公式サイト http://www.totoami.jp/ （08.12.01）

戸渡阿見詩集　ハレー彗星

2009年4月20日　初版第1刷発行

著　者　戸渡阿見
発行人　笹　節子
発行所　株式会社 たちばな出版
〒167-0053 東京都杉並区西荻南2-20-9 たちばな出版ビル
TEL 03-5941-2341(代)
FAX 03-5941-2348
ホームページ　http://www.tachibana-inc.co.jp/
印刷・製本　株式会社 精興社

ISBN978-4-8133-2186-6　Printed in Japan　